Monika Wolff

Die Legende vom Fluss

Ein Märchen aus dem
Datenseheruniversum

tredition

© 2024 Monika Wolff

Lektorat: Elisa Garret

Druck und Distribution im Auftrag von Monika Wolff
tredition GmbH, Halenreie 40-44, 22359 Hamburg, Deutschland

Paperback   978-3-384-35959-9
e-Book   978-3-384-35960-5

Für Träumenden und alle, die ihre eigenen Träume jagen.

Das Dorf

Es war einmal ...

... ein aufstrebendes Dorf an einer Furt. Der Fluss war an dieser Stelle so flach, dass sich in seiner Mitte eine Insel geformt hatte. Als Kind war ich zum Spaß hinübergewatet.

Erst mit großen Wagen, dann mit befestigten Brücken – von beiden Seiten des Flusses wurde Handel miteinander getrieben. Es dauerte nicht lange und auf der Insel wuchsen Gebäude und ein Marktplatz.

Die Sonne kam hinter den Wolken hervor, als Lilian den Marktplatz betrat. Hinter vorgehaltener Hand tuschelten die Leute darüber, wie sie – eine junge Frau – gen Himmel starrte, insbesondere nachts. Schlafwandlerin nannten sie einige, Sternendeuterin andere, die Mutigsten unter ihnen. Denn Lilian war vor allem eins: die Tochter des Dorfobersten.

Die meisten waren weniger wohlhabend und konnten nicht direkt auf der Insel wohnen. Tagsüber brummte der Marktplatz vor Leben. Nachts verzog sich das einfache Volk in seine Hütten zu beiden Seiten des Flusses. Jahr um Jahr zogen weitere Menschen hinzu und vertrieben den Wald ein Stück weiter.

Koen lebte am Waldesrand. Der Raum, in dem seine Mutter lag, war dunkel. Er öffnete ein Fenster, um frische Waldluft hereinzulassen. Trotz des Regens hatte er die Medizin vom Marktplatz geholt.

„Hier", sagte er.

Unsere Mutter setzte sich auf, nahm die Flasche, die er ihr reichte, und schaute zu ihm hoch.

„Mehr gab es heute nicht", sagte er.

Sie nahm den Deckel ab und trank einen Schluck. Umgehend kehrte Farbe in ihr Gesicht zurück. Er lächelte sie zufrieden an.

Seine Mutter räusperte sich: „Wir könnten deinen Bruder fragen. Julian macht bestimmt …"

„Nein", Koens Stirn lag in Falten, „Julian ist ein Waldschrat. Bitte, versprich mir, dass du nur die echte Medizin trinkst."

Ein Waldschrat, dass ich nicht lache. Aber sie nickte. Mutter und Sohn waren sich wieder mal einig.

Eine Woche später stand Koen wieder im Raum des Apothekers.

„Das ist die einzige Flasche, die ich diese Woche erhalten habe", sagte dieser.

„Verkauf sie mir", sagte Koen, „Oder willst du dich am Leid anderer bereichern?"

„Und du? Willst du alles aufkaufen und damit allen anderen diese Medizin vorenthalten?" Aber der Händler grinste bereits: „Was bietest du mir?"

Einen viel zu hohen Preis. Unsere Mutter war seine Schwäche und der Händler verstand dies auszunutzen.

Lilian trat am Fenster vorbei. Sie tat nicht mehr, als Koen einen Blick zuzuwerfen. Doch als ob er ihn spüren würde, blickte er in demselben Augenblick hoch. Schnell huschte sie weiter.

Auf seinem Weg zurück zum Haus unserer Mutter musste Koen quer über den Marktplatz laufen, um die richtige Brücke zu erreichen. Für eine schnelle Mahlzeit war der Platz zu voll und Koens Taschen zu leer.

Wenn der Dorfoberste verreiste, ging stets alles drunter und drüber. Sonst auch, aber dann besonders – und Koen musste die Flasche sicher und schnell nach Hause befördern.

Er erreichte schließlich die Brücke; durch die dichteste Ansammlung des Marktes hatte er es geschafft. Seine Haltung wurde entspannter und seine Schritte leichter.

Ein kleiner Mann rempelte ihn an und die Flasche drohte Koen aus der Hand zu schleudern. Mit hektischen Bewegungen versuchte er sie zu fangen, damit sie nicht auf den Pflastersteinen zerschellte. Jedoch flog sie dadurch nur über den Rand der Brücke. Besorgt schaute Koen sich um, doch die Flasche war fort und der kleine Mann bereits in der Masse des Marktes verschwunden.

Unter gebeugtem Rücken ging Koen ein paar Meter zurück und folgte der Böschung runter zum Fluss. Er war nicht der Typ für einen lauten Aufschrei, aber ich hätte ihm einen gewünscht.

Als er am Ufer ankam, hielt eine junge Frau die Flasche ganz und heil in ihren Händen. Koens Gesicht hellte sich auf. Sein Blick schwankte zwischen der Flasche und ihren Augen umher.

Dann erkannte er sie, Lilian. Die lächelnde Frau vom Fenster. Die Tochter des Dorfobersten. Die Sternendeuterin.

Auch sie starrte ihn an. Nachdem sie ihn in dem Laden erblickt hatte, war sie hierhergeeilt, einer Vorahnung folgend oder einer Gewissheit, das konnte nur sie selbst beantworten.

Doch anstatt Worte einer Erklärung reichte sie ihm die Flasche.

„Ich danke dir", sagte er und nahm sie zitternd entgegen.

Lilian zupfte an den langen Ärmeln ihres Kleides und antwortete: „Ein Zufall, nichts zu danken."

„Er bedeutet mir die Welt", sagte Koen und hielt die Flasche dabei etwas höher, „Dafür danke ich dir."

Sie drehte sich um und ließ ihn für einen Moment allein stehen. Dann eilte er zurück auf die Brücke und brachte endlich die Flasche heile nach Hause.

Den Abend verbrachte er mit Holzhacken vor der Tür. Seine Lieblingsbeschäftigung, um zu grübeln. Behandelte er die Begegnung wie alle anderen, würde er morgen Früh aufstehen, als wäre nichts geschehen.

Wenigstens etwas mehr Aufruhr verursachte die Begegnung von Koen und Lilian auf der Insel.

„Ihr tut es schon wieder", sagte Anne. Sie kannte Lilian seit Kindesbeinen an und diente der Familie inzwischen als Magd.

„Was?", fragte Lilian.

„In die Ferne starren", antwortete Anne und deutete auf die Wand, vor welcher Lilian seit mehreren Minuten mit weit aufgerissenen Augen stand. „Was seht Ihr?"

Lilian errötete und trat einige Schritte von der Wand fort.

„Oder wen?", neckte Anne sie weiter, „Den großen, starken Knecht vom Marktplatz heute Mittag?"

„Ich weiß nicht, wen du meinen könntest", sagte Lilian, „Sehen die nicht alle gleich aus?"

„Speist mich nicht mit denselben Floskeln wie für Euren alten Herrn ab, ich war selbst auch einmal jung."

Lilian verdrehte die Augen: „Es ist wahr. Was glaubst du, hat ein Knecht für Träume?"

„Ihr habt genug Träume für Euch beide", entgegnete Anne.

Lilian schüttelte den Kopf: „Ich will mehr sehen von der Welt. Was glaubst du, wann nimmt mich Vater mit auf seine Reisen?"

Wie bestellt war der Dorfoberste am nächsten Tag zurück. Überraschend, selbst für mich mit den vielen helfenden Augen im Wald.

Doch statt seine Tochter auf die nächste Reise mitzunehmen, schlug er einen Aushang auf dem Marktplatz an:

~ Inbetriebnahme der alten Mühle ~

~ Aufbruch morgen ~ Doppelte Entlohnung ~

~ Auswahl zur Vesper im 1. Haus ~

Sobald Anne es vom Bäcker gehört hatte, lief Lilian zu ihrem Vater. Das erste Haus am Platz war ihres. Wie konnte es sein, dass sie beinahe nichts von diesem Aufruf erfahren hätte? Ihr Vater plante etwas und sie wussten beide, dass ihr derlei Überraschungen keine Freude bereiteten.

„Was hat das zu bedeuten?", fragte sie ihren Vater in seinem Studierzimmer. Eine Rose stand in einer Vase auf seinem Sekretär.

Er legte einen Federkiel zur Seite: „Du kommst in ein heiratsfähiges Alter. Dies ist zu deinem Schutz."

„Was hast du vor, das halbe Dorf fortschicken?"

Ihr Vater lachte: „Nein, mein Kind."

In dem Moment wurden Lilians Augen groß: „Du schickst mich weg? Zur alten Mühle? Wer weiß überhaupt genau, wo diese liegt?"

„Alles ist ein Spiel im Leben, außer das Leben selbst", seine Mundwinkel zuckten nach unten, „Glaube nicht, dass diese Entscheidung deiner Mutter oder mir leichtfallen würde."

Mit wütender Miene stürmte Lilian auf ihr Zimmer und wurde für den Rest des Tages nicht mehr gesehen.

Wie angekündigt fand am Nachmittag die Auswahl statt. Der Dorfoberste wählte ausschließlich die Vertrauenswürdigsten aus. Die Anwesenden munkelten bereits, wie mit einem Haufen Weiber und Kindern eine Mühle betrieben werden sollte. Dann trat Koen vor. Ich traute meinen Augen kaum. Der Dorfoberste jedoch grinste und nickte ihm zu.

„Doppelter Lohn?", fragte Koen.

Der Dorfoberste nickte erneut: „Er wird an deine Mutter gehen, in der Zeit deiner Abwesenheit."

„Bitte, zahlt ihre Medizin davon und schickt jemanden, um sie ihr zu bringen", sagte Koen.

„Verspreche, meine Tochter Lilian vor allen Dahergelaufenen zu beschützen und deiner Mutter wird es in der Zeit an nichts fehlen."

Mit einer Hand über seinem Herzen und tief geneigtem Kopf bestätigte Koen das Versprechen.

„Ich erwarte faire Preise und pünktliche Lieferungen", sagte der Dorfoberste zum Medizinhändler, der ebenfalls in der Reihe stand und missmutig von Dannen zog.

Der Dorfoberste wählte noch eine Schneiderin und ein Bäcker aus. In Summe waren sie ein Dutzend, die sich mit seiner Tochter auf den Weg machen würden.

In der Nacht vor der Abreise besuchte ich meinen Bruder: „Koen, folge mir in den Wald."

Bevor er widersprechen konnte, legte ich einen Finger an meine Lippen. Unsere Mutter schlief und wir schlichen gemeinsam nach draußen, wie früher.

Im Wald auf einer Lichtung trafen wir eine Freundin von mir. Unmittelbar begann die Bärin zu sprechen: „Zwilling, du achtest gut auf eure Mutter. Dank dir kann dein Bruder mit uns leben."

Ihre Stimme war rau, doch Koen konnte sie ebenso verstehen wie ich. Sein Blick wanderte zu mir. Ich stellte mich neben Barla.

„Öffne deine Hand", brummte sie weiter, „Nimm diese sieben Beeren im Gegenzug als Geschenk und Zeichen unserer Dankbarkeit. Sie werden dich stark machen."

Er nahm das Geschenk mit beiden Händen entgegen.

„Iss immer nur eine und nur wenn du dringend Stärke bedarfst", warnte ich ihn, „Beizeiten werde ich dich besuchen kommen."

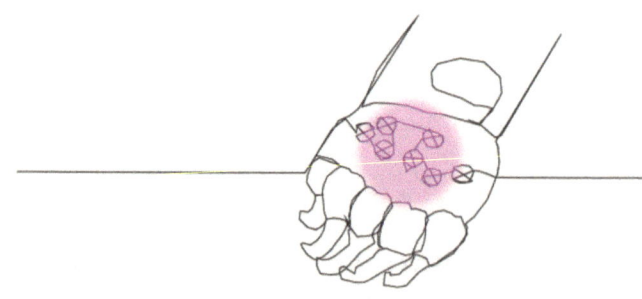

Die Mühle

Nach einigen Tagen ...

... der Reise erreichten sie schließlich die Mühle.

Koens Aufgabe bestand darin, Lasten zu tragen. Frühmorgens die Säcke mit frisch gemahlenem Mehl von der Mühle zum Bäcker.

Sobald der Bote mit seinem Wagen ankam, lud Koen Säcke voller Körner ab und alles, was der Bäcker an Backwaren produziert oder an Mehl übriggelassen hatte, auf. Anschließend trug er die Kornsäcke zur Mühle.

Abends brauchte er sich nur kurz zur Ruhe setzen. Das rhythmische Plätschern des Flusses wirkte umgehend wie ein Schlaflied.

Er kam überhaupt nicht in die Gefahr, die Nähe zu Lilian zu bemerken.

Auch Gedanken zu unserer kranken Mutter fanden keinen Platz. Doch der Dorfoberste hielt Wort und kümmerte sich gewissenhaft um ihre Medizin.

Lilians Alltag folgte einem anderen Rhythmus. Tagsüber saß sie im obersten Zimmer der Mühle, lernte, las und langweilte sich. Des Nachts führte sie ausgedehnte Spaziergänge und schaute oft stundenlang in die Sterne. Ich hätte sie gern gefragt, wie sie es anstellte, aber Wandernde soll man nicht aufhalten.

Der Bote brachte ihr jeden Tag einen Brief ihres Vaters. Und jeden Tag musste er warten, bis sie eine Antwort geschrieben hatte.

Da der Bote sein Mittagsmahl in dem Haus neben der Mühle einnahm, blieb dafür ausreichend Zeit. Stets erfolgte der Austausch jedoch kurz bevor der Bote aufbrechen musste. Die Nachtspaziergänge ließen Lilian lang schlafen.

Doch selbst wenn sie es pünktlich schaffte, angekleidet und präsentabel vor die Tür zu treten, war der Weg für einen Reiter an einem halben Tag nicht zu bewältigen. Von Neugier getrieben bat ich zwei Turteltauben Lilian beim Lesen und Schreiben der Briefe über die Schulter zu blicken.

Es gab keinen Versatz. Die Briefe waren eine ununterbrochene Kette von Antworten aufeinander.

Am gleichen Nachmittag bat ich jedes Tier des Waldes und jeden Vogel der Umgebung die Augen offen zu halten. Doch der Bote schien im Nichts zu verschwinden und am nächsten Morgen ebenso unerwartet zurückzukehren.

Auch nach vielen Tagen genauster Beobachtung blieb mir seine Route ein Rätsel. Nichtsdestoweniger war die Mühle stets gut und üppig mit allem versorgt, was man zum Leben brauchte.

„Bruder", flüsterte ich eines Abends in die Dunkelheit von Koens Kammer.

Es waren ausreichend Tage und Nächte vergangen, dass er sich an seine Arbeit hatte gewöhnen können.

„Was willst du?", fragte er und schaute zum Fenster, „Komm wenigstens richtig herein."

Mit einem Satz sprang ich von der Fensterbank auf und ließ mich neben ihm nieder.

„Ist dir die holde Jungfrau ins Auge gefallen?"

„Lass sie in Frieden", sagte Koen und suchte eine aufrechte Haltung.

„Ich habe da eher an dich gedacht, Bruderherz", sagte ich und unterdrückte ihm zuliebe mein Lachen.

Wie konnte jemand, der alles korrekt machen wollte, derartig wenig vom Leben verstehen? Auch jetzt vergingen mehrere Augenblicke, bevor Koen antwortete.

„Ihr Vater ist der Dorfoberste. Ich habe ihm versprochen, auf sie aufzupassen", er fuhr sich mit einer Hand durchs Gesicht, „Diese Art Ärger ist dein Metier, nicht meins."

Ein kurzes Lachen entkam mir, ich überspielte es mit den Worten: „Du hast sogar bereits ihrem Vater versprochen, auf sie aufzupassen, worauf wartest du noch? Ein Zeichen vom Fluss? Sie hat dir geholfen, ich habe gehört, das sei etwas Besonderes."

Koen schüttelte den Kopf: „Flüstert dir inzwischen jedes Tier zu, was es sieht? Es war genau einmal. Was wird beim nächsten Mal sein? Irgendwas wird an den Gerüchten um ihre Augen stimmen."

„Sie sind hübsch", rief ich ihm in Erinnerung, „Und mit ihr wird dir bestimmt nicht langweilig."

„Nicht langweilig? Belügen dich deine Augen und Ohren? Langeweile zähle ich nicht zu meinen Problemen. Es reicht, lass mich schlafen. Für Frauengeschichten habe ich keine Zeit."

Und für deinen Bruder ebenso wenig, dachte ich. Er hatte sich nicht verändert.

Die Tage und Nächte vergingen, Galonen an Wasser flossen vorüber. Die Mühle mahlte, der Bote kam herbei und ging, Lilian wandelte, während Koen schlief und andersherum.

Eines Nachmittags, der Bote war gerade aufgebrochen, blieb der Mühlstein stehen. Koen bemerkte es als Erster, da noch lange nicht der letzte Körnersack hochgetragen war.

Zurückhaltend schaute er sich um, betrachtete das Mahlwerk und die Zahnräder. Es wäre lustig gewesen, wäre die Sache nicht derart ernst.

Der Dorfoberste war nicht für sein Verständnis komplizierter Probleme bekannt. Ohne Mühle kein Profit – und was zahlte dann den doppelten Lohn?

Koen begutachtete die Mechanik von allen Seiten. Sein Blick ging nach draußen. Hoffentlich spielte er nicht mit dem Gedanken, dem Boten hinterherzulaufen. Jemand, der im Nichts verschwand, war nicht einzuholen.

Da knirschte und knackte es. Eine Achse war gebrochen, aber das Mühlrad, getrieben von dem Fluss, wollte sich weiterdrehen. Koen trat vor das zentrale Rad. Durch die gebrochene Achse griffen die Zahnräder nicht mehr ineinander.

Das unerbittliche Schleifgeräusch musste selbst er als Warnung verstehen. Es war nur eine Frage der Zeit, bis die beständige Kraft des Flusses das Mühlrad zu weiterem Schaden treiben würde.

Bevor Koen jedoch eine Dummheit begehen und in die Zähne hineingreifen konnte, betrat Lilian den Raum. Sie trug einen langen, wohlgeformten Ast bei sich.

Ohne ein Wort zu wechseln, reichte sie ihn Koen. Wie immer brauchte er seine Zeit, um die Situation zu verarbeiten. Dann machte er sich ans Werk.

Kurz darauf legte Lilian ihm eine Hand auf die Schulter, gerade rechtzeitig bevor ich mich selbst dem drohenden Unheil in den Weg gestellt hätte. Wenigstens einer von beiden brachte Verstand mit. Dank ihrer wortlosen Weisungen schaffte er es die Achse zu ersetzen, ohne sich umzubringen.

Stille trat ein, als der Mahlstein wieder angetrieben wurde. Die Kraft des Flusses erneut in kontrollierte Bahnen gelenkt.

Schweiß stand Koen auf der Stirn, doch er lächelte Lilian an. Sie erwiderte sein Lächeln, verschwand aber ebenso wortlos, wie sie erschienen war.

Koen schulterte den abgesetzten Körnersack und nahm seine Arbeit auf.

Fortan teilten Lilian und Koen stets verstohlene Blicke. Mittags stand sie neben ihm, wenn der Bote eintraf, ungewohnt pünktlich.

Abends trafen sie sich mit zunehmender Regelmäßigkeit für einen Spaziergang unter den Sternen, die ihnen vom Himmel und verschwommen vom Wasser entgegenglitzerten. Anfangs erzählten sie sich von den Wundern der Welt, von denen sie in ihrem kleinen Dorf gehört hatten. Aber bald sprachen sie offener miteinander.

„Du pflegst deine Mutter. Gibt es sonst niemanden? Hat euch dein Vater verlassen?", fragte Lilian aufmerksam.

„Sie hat nur mich", antwortete der alte Lügner gesenkten Hauptes, „Mein Vater ist vor vielen Jahren im Krieg gefallen. Ich spreche nicht gern darüber."

„Natürlich", meinte sie schnell, „Ich wollte nur sagen, dass es ihr gutgeht."

Das ließ ihn auf- und zu ihr blicken: „Woher weißt du das? Hat der Dorfobererste sie wirklich erwähnt?"

Das hatte er nicht, zumindest nicht in seinen Briefen.

Lilian schüttelte wahrheitsgemäß den Kopf: „Die Sterne haben es mir verraten. Du musst keine Sorgen an sie verlieren."

Vielleicht war es angemessen, dass ein Vater, der Wagen auftauchen und verschwinden ließ, eine Tochter besaß, die die Geheimnisse der Sterne verstand.

Und obwohl Koen sie in dem Moment anstarrte, als wäre ihr ein zweiter Kopf gesprossen, veränderte sich ab dieser Nacht die Energie in der Mühle und den wenigen angrenzenden Gebäuden.

Lilian und Koen strahlten einander bei jeder Gelegenheit an, ohne darauf zu achten, wer sie beobachten konnte. Nicht einmal vor dem Boten ihres Vaters spielten sie etwas anderes, aber sie waren unerfahren, sodass kaum jemand die Nähe zwischen ihnen erkannte.

„Es tut Euch gut, einmal woanders zu sein", sagte Anne, als sie mit Lilian an einem besonders heißen Tag im kühlen Gras am Fluss saß.

„Liegt es am Ort?", fragte Lilian, während ihr Blick Koens Weg zwischen Bäckerei und Mühle verfolgte.

„Aha", sagte Anne mit einem Lächeln um ihre Lippen, „An diesem Ort scheinen starke Arme und freundliche Augen plötzlich mehr wert zu sein."

„Das Leben ist ein Spiel", Lilian wendete sich zu Anne, ihr Blick streifte den Wald und verharrte. Dann erhob sie sich und verschwand mit den Worten: „Wir sehen uns zum Abendmahl."

Schnellen Schrittes lief Lilian auf die Mühle zu. Bevor sie ankam, trat Koen nach draußen, auf dem Weg, den nächsten Sack abzuholen.

Lilian hielt ihn mit einer Hand an seinem Arm auf: „Ein Brief von meinem Vater wird morgen eintreffen."

Koen musterte sie und sagte ohne veränderte Miene: „Dies geschieht jeden Tag."

„Dieser wird anders sein, wie der Aushang damals im Dorf, als er dieses Spiel an der Mühle begann."

„Ziehen wir weiter?", fragte Koen.

„Oder zurück", Lilian strahlte ihn an, „Die Details konnte ich so schnell nicht lesen."

Koen schüttelte den Kopf. Auf seinem Gesicht kämpften Vorfreude und Unglaube miteinander.

„Morgen wird der Bote ihn mitbringen", fügte Lilian hinzu. Sie erkannte seinen Gesichtsausdruck wieder. Ihr Talent war für viele Menschen nicht greifbar.

„Ich muss die Säcke reintragen, bevor es dunkel wird", sagte Koen und ging weiter.

Lilian hielt ihn erneut fest: „Sehen wir uns später?"

Koen wandte sich zu ihr zurück. Ihr Lächeln, ein Sonnenstrahl, stark genug, um sogar seinen düsteren Wald aus Versagensangst und Einsamkeit zu durchdringen und das Quellwasser seines Herzens glitzern zu lassen.

„Ich beeile mich", er beugte sich zu ihrem Ohr und flüsterte, „Heute ist vielleicht die letzte Nacht, die uns bleibt."

Ein Grinsen stahl sich auf ihr Gesicht.

Ich stellte sicher, allen Tieren zu raten, den beiden heute Nacht aus dem Weg zu gehen. Und sicherheitshalber auf der anderen Seite des Flusses oder mindestens in einiger Entfernung zu nächtigen.

Die Hütte

Am nächsten Tag ...

… kam der Bote nicht allein. Ein Begleiter saß neben ihm auf dem Kutschbock. Sobald sie abgestiegen waren, riss Lilian förmlich den Brief ihres Vaters an sich.

Koen musterte den Begleiter. Sogleich Lilian beschäftigt war, trat der Bote auf Koen zu und reichte ihm zum ersten Mal ebenfalls einen Brief.

Trotz der größten Bemühung, keines meiner Augen konnte auch nur einen einzigen Blick auf das Papier erhaschen. Koen wedelte jegliche Käfer fort und öffnete es nicht weiter als unbedingt nötig.

Seine Miene wurde ernst; schnell faltete er den Brief wieder zusammen. Er konnte nicht mehr als ein paar Zeilen enthalten.

Lilian trat auf ihn zu und zeigte ihm freizügig den Brief ihres Vaters. Neben langweilenden Worten der Lobpreisung kam er nach einigen Absätzen zum Punkt.

Jeder Mann, der ein Schwert und ein Pferd besaß, um seine Tochter zu erreichen, dürfte um sie werben. Aufgrund ihrer Schönheit sollten sie sich beeilen und mit einem angemessenen Geschenk ihre Chancen erhöhen.

„Du musst nur ….", entgegnete Lilian.

„Ich muss nur eins", sagte Koen und wendete sich dem Boten zu, „Ich werde mit Euch kommen."

Dieser nickte. Dann sprang sein Begleiter vom Wagen und begann die Säcke herunterzuhieven. Koen griff ebenfalls zu und begann zu schleppen. Er zeigte dem Neuen, wie er sich in der Mühle zurechtfinden konnte.

Lilian lief ihnen hinterher, so lange, bis Koen auf dem Weg zurück zum Wagen nichts weiter zu tun blieb, als sie anzuhören.

„Willst du es nicht?", fragte sie ihn.

„Mein Auftrag ist klar. Ich muss ihn erfüllen, die Medizin meiner Mutter ist teurer geworden."

„Das Wort meines Vaters wiegt bei dir demnach schwerer als meins", rief sie ihm entgegen, es klang fast wie ein Hilfeschrei.

Seine Augen fanden die ihren, doch kein Wort brachte er heraus. Tränen standen ihr in den Augen, als sie sich umdrehte und davonrannte.

Als der Bote nach einem schnellen Mittagsmahl aufbrach, saß Koen mit einem kleinen Bündel seiner

Habseligkeiten neben ihm. Der Neue werkelte noch in der Mühle, sich mit seinem Aufgabenfeld vertraut machend.

Koen blickte sich um, aber Lilian kam nicht zurück, nicht einmal zum Abschied.

Der Wagen nahm dieselbe Route wie all die Monate und Wochen zuvor. Ein gutes Stück den Fluss hinab, als Bote und Knecht außer Sicht- und Hörweite waren, stoppten sie den Wagen und Koen stieg ab.

Kaum hatte er sein Bündel ergriffen, fuhr der Bote weiter und verschwand. Koen hingegen stolperte zwischen den Bäumen hindurch am Fluss entlang.

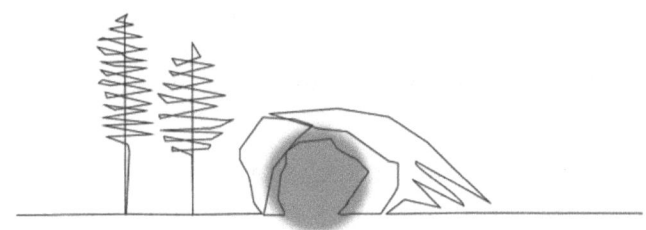

Vor einer Höhle blieb er stehen. Es ertönte ein deutliches Knurren. Anstatt weiterzuziehen, beobachtete Koen den Höhleneingang wie versteinert.

Heraus trat ein Wolf. Koen zwinkerte, ansonsten könnte er nicht stiller sein. Mir war, als wäre es endgültig um meinen Bruder geschehen.

Da griff er blitzschnell in sein Bündel hinein und zog eine der Zauberbeeren hervor. Sie war getrocknet, aber ich wusste, dies würde ihre Wirkkraft nicht verringern.

Mit einer fließenden Bewegung schob Koen sie sich in den Mund. Im selben Moment sprang der Wolf auf ihn zu, doch der Kampf war entschieden.

Mit Bärenstärke schwang mein Bruder das Tier von sich und gegen den nächsten Baumstamm. Der Wolf torkelte von dannen.

An diesem Abend besuchte ich ihn: „Das war nicht recht. Was hast du dem armen Wolf angetan?"

„Wieso war es unrecht? Ich habe genutzt, was mir zur Verfügung steht. Die Höhle ist jetzt mein Platz. Ist das nicht das Gesetz der Natur?", entgegnete er.

Kopfschüttelnd ließ ich ihn wieder allein.

Am nächsten Morgen verließ Koen die Höhle. Kaum stand er an einer Lichtung mit einigen toten Bäumen und grasendem Rotwild, griff er bereits in sein Bündel und schluckte die zweite Beere.

Wie ich fürchtete die Wildfamilie das Schlimmste und nahm Reißaus. Aber es wäre nicht nötig gewesen: Koen erbaute sich mit seiner Bären-stärke eine Hütte aus den gefallenen Stämmen und zog noch am selben Nachmittag ein.

Am Abend kehrte der Wolf in seine Höhle zu-rück und ich besuchte erneut meinen Bruder, zu-frieden, dass er Einsicht gezeigt hatte.

„Komm, wir feiern ein Fest", sagte Koen und lud mich zum Essen in seine Hütte ein.

„Lilian sitzt im obersten Zimmer der Mühle und versteckt sich vor den Strahlen der Sonne. Außer auf ihren nächtlichen Spaziergängen setzt sie kei-nen Fuß vor die Tür. Der Fluss scheint ihr einziger Freund zu sein, zumindest schüttet sie ihm ihr Herz aus", berichtete ich ihm über dem Essen.

„Zerreiße dir ruhig das Maul. Du wirst sie vor mir nicht schlecht machen", sagte er kühl und hob den Blick nicht mal von seiner Schale.

„Ganz im Gegenteil, Bruderherz, ich wünsche mir, dass du sie glücklich stimmst. Und sie dich."

Er betrachtete mich, als würde er meine Worte tatsächlich erwägen. Dann schüttelte er den Kopf: „Ich bin einfach nicht standesgemäß für sie."

Was konnte ich mehr tun? Das war seine Ge-schichte – und ich zog mich auf meinen Beobach-tungsposten im Wald zurück.

Einige Tage darauf erschien der erste Verehrer. Triefnass und zitternd schleppte er sich aus der Strömung des Flusses und das Ufer hinauf.

Die Hütte war geschickt platziert. Dicht gelegen zur Mühle und leicht an Land zu kommen, nachdem der Fluss auf Meilen breit und tief und obendrein von Wirbeln durchsetzt verlief.

Der arme Tölpel lief direkt auf Koen zu.

Dieser rief: „Was sucht Ihr hier?"

„Lilian suche ich, die holde Maid und Tochter des Obersten des alten Dorfes", sprach der Jüngling noch ganz außer Atem.

„Wenn dem so ist, wo ist dein Pferd? Und dein Messer? Und dein Geschenk?", fragte Koen und schluckte bereits die dritte Beere.

Der Armselige hielt sein Messer empor und mit der anderen Hand eine Krone, liebevoll aus Holz geschnitzt.

Das Pferd musste vor den Stromschnellen im Wasser zurückgeschreckt sein, sodass er nichts weiter als ein Dahergelaufener war.

Mit langen Schritten und einem Hieb erschlug Koen den elenden Jüngling. Messer und Krone fielen zu Boden. Koen warf den Dahergelaufenen zurück in die Fluten. Die Strömung trug ihn davon.

Auf dem Rückweg zu seiner Hütte summte Koen eine muntere Melodie.

In der darauffolgenden Nacht machte Lilian einen besonders weiten Spaziergang am Fluss entlang und fand die hölzerne Krone. Wäre sie ein paar Meter weiter gegangen, hätte sie womöglich die Hütte zwischen den Bäumen entdeckt. Vielleicht hätte sie sogar angeklopft.

Stattdessen nahm sie die Krone auf, trat an den Fluss und warf sie weit von sich. Ruhigeren Schrittes, als sie gekommen war, kehrte sie zur Mühle zurück.

Am nächsten Tag entstieg ein zweiter Jüngling den Fluten. Koen begrüßte ihn kühl: „Dahergelaufene haben hier nichts zu suchen."

Er schluckte die vierte Beere, erschlug den Mann und nahm dessen Messer an sich. Mit einer hungrigen Welle verschlang der Fluss den Armseligen und trug ihn hinfort.

Sein Geschenk, eine Eisenkrone, blieb am Ufer liegen.

Des Nachts auf ihrem Spaziergang fand Lilian die eiserne Krone. Sie war weniger filigran und insgesamt schwerer, doch das hielt sie nicht davon ab, das Relikt in den Fluss zu werfen.

Am nächsten Morgen begrüßte ich meinen Bruder: „Weißt du, wohin die Kronen verschwinden?"

„Kronen?", er blickte sich um.

„Die Geschenke der Dahergelaufenen", erläuterte ich.

„Wo sollen sie sein?", fragte er, schaute nun aber zu mir.

Da trat der dritte Armselige aus den Wellen. Koen ging seiner Aufgabe nach und ich verschwand von der Szene.

Wortlos schluckte er die fünfte Beere und erschlug den Jüngling mit so viel Schwung, dass dieser rücklings in die Fluten fiel.

Zum ersten Mal nahm Koen die fallengelassene Krone auf – sie glänzte golden in seiner Hand. Achselzuckend ließ er sie fallen und nahe des Ufers liegen.

Er verzog sich in seine Hütte und ich fragte mich, ob ihm seine Neugier abhandengekommen war. Abends zerkaute er langsam die sechste Beere und legte sich auf die Lauer.

Lilian erschien im Mantel der nächtlichen Dunkelheit. Das metallische Glänzen der Krone ließ sie das Schmuckstück schnell finden. Als Lilian zugriff, sprang Koen aus dem Versteck auf sie zu.

„Was treibt hier ein Unhold sein Unwesen?"

„Zeigt euer Gesicht, Dahergelaufener!"

Wie schreckten sie beide zurück, als sie einander an den Stimmen erkannten. Lilian warf erschrocken die goldene Krone von sich, die gierigen Fluten des Flusses ließen sie mit sich verschwinden.

„Hier warst du? Nicht im Dorf?", fragte sie.

„Du bist es, die die Kronen entwendet?", entgegnete er.

Lilians Augen verengten sich. Verstand sie, welches Spiel sie da spielten?

Ihr Blick flog über den Fluss, doch die Krone war längst zum Grund gesunken. Wo war die selbstsichere Frau der vergangenen Nächte hin?

„Hol sie mir zurück und setz sie mir auf. Das sind meine Spielregeln", verlangte sie, „Mit mir als Frau wirst du dich nie wieder über ausreichend Medizin für deine Mutter beklagen."

Ihre Sätze wirkten sehr einstudiert, ihr Tonfall wie der ihres Vaters.

Koen starrte sie an. Konnte des Rätsels Lösung derart simpel sein? Er senkte den Kopf: „Wie soll ich sie finden, mitten in der Nacht?"

„Wie habe ich sie gefunden? Nutze deine Augen."

Ohne weitere Worte schluckte er die siebte, die letzte Zauberbeere hinunter und sprang direkt in die Fluten.

Ohne Schwert, ohne Pferd – und leider in die falsche Richtung.

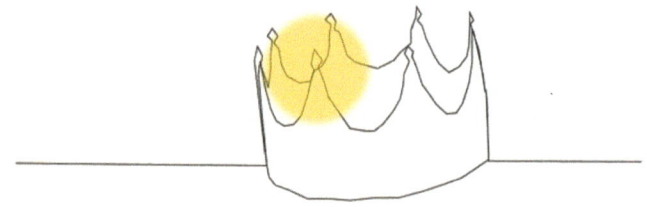

Prustend tauchte er nach einer halben Ewigkeit auf, die Kraft der Beere verebbt.

„Hilf mir", bat er und Lilian blickte für ihn in die Sterne und wies ihm die richtige Richtung. Doch sie vergaß ihm ein Messer zu übergeben.

Koen befolgte die Anweisung und sah bald ein metallisches Glänzen tief im Gestrüpp am Flussbett. Er schwamm zur Oberfläche des Wassers und holte ein letztes Mal tief Luft.

Mitten im Fluss war die Strömung sehr stark, zumindest das besagte Gestrüpp fand er schnell. Mit aller Kraft versuchte er sich einen Weg durch die Äste zu bahnen.

Die Schnecken und Krabben um ihn herum erkannten seine Mimik sofort: Er stand vor einer wichtigen Wahl.

Kämpfte er weiter, setzte er alles auf eine Karte und würde vielleicht mit der Krone und der Hand seiner Liebsten belohnt? Oder er entschied sich für Sicherheit, Luft und Leben – ein schweres, unspektakuläres Leben, aber auch lang und vorhersehbar.

Er entschied sich für Lilian.

Koen schob sich durch das Gestrüpp. Zerrte und zerbrach Geäst, bis sich seine Hand endlich um die Krone schloss.

Doch der einzige Weg aus dem Gestrüpp heraus blieb derselbe, den er gekommen war, und er hatte sich derart verheddert, dass er sich nicht einmal um die eigene Achse zu drehen vermochte.

Seine Bewegungen wurden kraftloser, langsamer, Luft entwich seinen Lippen. Dann wurde er regungslos und seine Augen glasig.

Die Krone entglitt seiner Hand und fiel zurück ins Gestrüpp. Die Strömung – langanhaltend und unnachgiebig – löste ihn mit der Zeit aus dem Geäst und trug ihn fort.

Lilian wartete am einsamen Ufer, zum Morgengrauen brach sie in Tränen aus. Als die Sonne über den Horizont gekrochen kam, erreichten mich die Käfer und Schnecken und berichteten mir vom Los meines Bruders.

Ein Schrei entfuhr mir, der alles andere auf der Welt verstummen ließ, zumindest für einen kurzen Moment.

Der Wald und seine Bewohner hörten meine Wut. Als Zeichen ihrer ehrlichen Anteilnahme färbten sie mit Beeren und Blättern das Wasser rot. Mehr konnte ich nicht verlangen, doch der Fluss hatte gewonnen.

Lilian kehrte zur Mühle zurück und fertigte einen Aushang, den sie dem Boten zur Mittagsstunde mitgab.

Wer ihre Hand wollte, musste die goldene Krone im Flussbett für sie aufsammeln.

Ihr Leben blieb ein Spiel, obwohl es niemandem bis heute gelungen ist, ihre Spielregeln zu erfüllen. Und wenn sie auch alleine bleibt, so lebt sie doch noch heute.

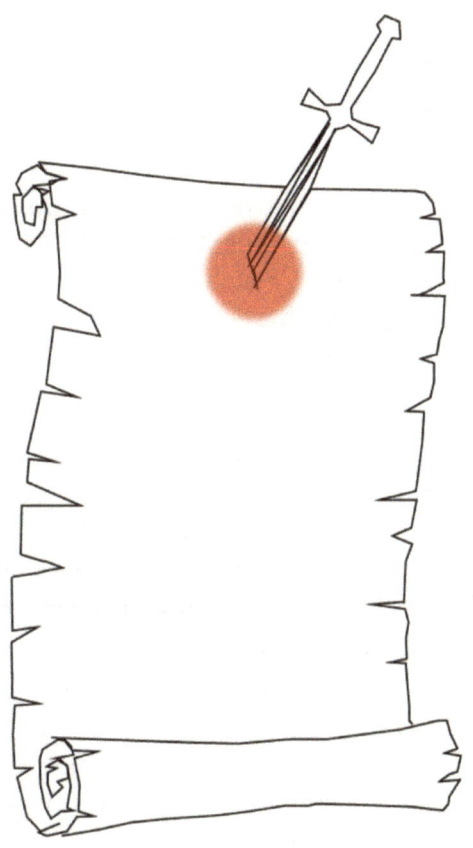

Bonus: Entdecke die dystopische Welt der Datenseherin

Im 21. und 22. Jahrhundert dient das Märchen „Die Legende vom Fluss" Michael Grau bei der Gründung seiner Versicherung *Graue Mauer* als Entstehungsgeschichte – ohne dass er seinen persönlichen Bezug dazu direkt offenbart.

2145, 60 Jahre nachdem der 3. Weltkrieg gegen die Maschinen zum Preis eines dauerhaft verdunkelten Himmels gewonnen wurde, ist Energie knapp, künstliche Intelligenz verboten und In4ma\$ das einzige Unternehmen mit historischen Archiven.

Um ihren Job als Datenschürferin bei In4ma\$ zu sichern, nimmt Mira den Auftrag an, Bild und Namensliste zu einem in der Zukunft liegenden Blutbad in Zusammenhang zu bringen und damit vor Eintreten aufzuklären.

Ihre Ausbildung als Seherin macht sie zu einem von zwei möglichen Bearbeitern dieses Auftrags, sodass ihr Kontrolle über ihre Sensitivität für Tunnelströme plötzlich mehr ist, als ein Mittel, um nicht negativ aufzufallen.

Aber erst nachdem Mira unfreiwillig eine Erinnerung verliert, nimmt sie die Hilfe eines neuen Sehermentors an, um das prophezeite Massaker zu verhindern.

Die Geschichte beginnt mit **Amnesie**, Band 1 der Datensehertrilogie.

Über die Autorin

Seit 2017 erträumt Monika Wolff auf Zugfahrten und hoch über den Dächern von Hannover fremde Welten und zauberhafte Begebenheiten.

Der kreative Schaffensprozess ist für sie ein Ausgleich zu ihrer alltäglichen analytischen Arbeit.

Als studierte Physikerin begeistert sie sich für Lernen, Technik und die Erkundung riesiger und mikroskopischer Welten.

Wenn sie nicht gerade arbeitet, spielt oder liest, reist Monika durch Deutschland und die ganze Welt auf der Suche nach neuen Erlebnissen und Geschichten.

Zeitfracht Medien GmbH
Ferdinand-Jühlke-Straße 7
99095 Erfurt, Deutschland
produktsicherheit@kolibri360.de